MARTIN MYSTÈRE™

Le trésor maudit du farfadet

Gilles Legardinier
d'après un scénario de Scott Kraft

POCKET jeunesse

Direction opérationnelle
du Centre

FICHES D'IDENTIFICATION CONFIDENTIELLES

AGENTS SPÉCIAUX

AFFECTÉS AUX AFFAIRES PARANORMALES

MARTIN

Jeune, sportif, toujours prêt pour l'aventure et l'action. Il est irrésistiblement attiré par tout ce qui est étrange et de préférence gluant, ce qui dégoûte sa sœur ! Agent spécial volontaire, il remplit les missions les plus extraordinaires, affrontant aliens de tout poil et créatures diaboliques. Commentaire de Mom, directrice du Centre : « Garçon plein de charme, mais dont les idées tordues peuvent aussi bien sauver le monde que provoquer d'incroyables dégâts très coûteux. »

CONFIDENTIEL

DIANA

Contrairement à Martin, son demi-frère, Diana est studieuse, sérieuse, ponctuelle et raisonnable. Elle est connue pour ses remarquables qualités intellectuelles. Par contre, lorsqu'il s'agit de passer à l'action, elle n'est plus aussi douée... Avec son grand frère, elle fait des étincelles, dans tous les sens du terme. Commentaire de Mom, directrice du Centre : « Jeune fille aussi séduisante qu'intelligente mais qui ne supporte pas les blagues de son frère. »

CONFIDENTIEL

JAVA

Fidèle complice de Martin et Diana, Java est un homme de l'âge de pierre ramené d'une mission trans-dimensionnelle.

Remarquablement en forme malgré ses 20 000 ans, il leur prête sa formidable force physique dans leurs missions les plus dangereuses. Assez peureux, il lui arrive de se comporter comme un enfant de quatre ans...

CONFIDENTIEL

Mom

Cette femme aussi belle que mystérieuse est la directrice du Centre et supervise d'une main de fer toutes les enquêtes para-normales secrètes à travers le monde. Elle a un faible pour les inventions révolutionnaires et pour son agent le plus délirant et le plus doué, Martin Mystère !

CONFIDENTIEL

BILLY

Ce petit extraterrestre qui ne se déplace qu'à bord de sa mini-soucoupe volante est l'assistant personnel de Mom. Il rêve d'avoir autant de succès que Martin avec les filles et autant de courage au cours des missions. Même s'il a peur de tout, on peut toujours compter sur Billy pour donner la bonne information au bon moment…

CONFIDENTIEL

chapitre 1

– Trop génial ! s'exclama Martin.

– C'est aussi ce que je pense, répondit Diana.

La matinée s'annonçait magnifique dans le parc de la plus célèbre université du pays. Les étudiants s'étaient installés sur les pelouses, et certains même sur les rebords des fontaines. Martin et Java étaient confortablement assis sur l'un des bancs, le nez dans une revue qui n'en finissait pas de faire la fierté de l'agent Mystère. Diana venait de les rejoindre, tenant entre ses mains une sorte de pot en terre plutôt biscornu...

– Vous avez vu ? interrogea la jeune fille en brandissant l'objet.

Martin leva le nez et eut une expression aussi surprise que dégoûtée.

– Fantastique, Diana, je suis très fier de toi. Ce n'est pas tous les jours que l'on découvre une crotte de mammouth fossilisée.

Diana hésita à lui jeter son chef-d'œuvre à la tête. D'un ton pincé, elle précisa :

– C'est un pot en terre cuite artisanal et c'est moi qui l'ai fait !

– Très joli, bravo, fit Java pour essayer de calmer l'ambiance.

– Tu es sûre que ce n'est pas une crotte de mammouth ? ironisa Martin. Du fond de sa caverne, le grand-père de Java était sûrement plus doué pour la poterie...

Rouge de colère, Diana serra les dents.

– Et maintenant, petite sœur, fit Martin sans s'émouvoir, laisse-moi te montrer quelque chose de vraiment exceptionnel...

D'un geste vif, il retourna la revue et la présenta à Diana.

– Voici une remarquable publicité pour un service révolutionnaire. C'est une première au monde !

Diana ouvrit de grands yeux et faillit en lâcher son pot. Sur toute une page du magazine s'étalait le visage de son frère. Incrédule, elle lut à haute voix le texte sous la photo :

– « SOS Paranormal. La ligne d'urgence pour résoudre toutes les énigmes paranormales. Ne paniquez plus face à l'inconnu : contactez Martin Mystère ! »

Martin souriait, débordant de fierté. Avec un clin d'œil, il tendit sa carte de visite à sa sœur et exhiba son nouveau téléphone.

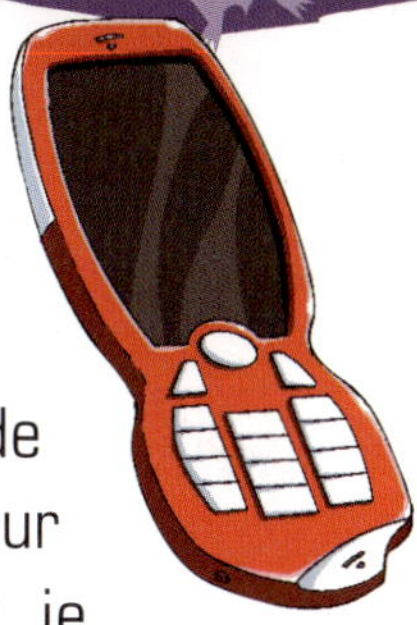

– Et voilà, sœurette ! Pendant que tu fabriques des gamelles à chien en terre, j'écris une nouvelle page de l'Histoire. Je suis joignable jour et nuit, ultracompétent, et je propose même des devis par téléphone !
Java applaudit.
– Martin devenir très riche. Lui Monsieur Paranormal ! Va avoir fans dans le monde entier, belle voiture et célébrité. Bravo, Martin !
Diana était affligée.
– Ah ça, oui ! Bravo, Martin ! Bravo pour l'idée la plus stupide de l'année ! Tu vas récupérer tous les tordus, tous les dingos, qui trouveront enfin quelqu'un à qui parler !
– Le seul truc tordu que je vois dans le coin, répliqua Martin, c'est ton vase pourri !

Cette fois, Diana était décidée à lui sauter au visage, mais le téléphone de Martin se mit à sonner. Le jeune homme décrocha avec style et annonça d'une voix de velours :

– Ligne directe paranormale de Martin Mystère, que puis-je pour vous ?

– Eh bien, voilà, fit une voix tout excitée. D'abord, c'est trop génial de te parler…

– Merci, fit Martin, touché par cette première marque d'admiration. Quel est votre problème ?

– Je me demande ce que je dois faire si tous les profs de mon collège sont transformés en zombies suceurs de cerveaux.

– Trop cool ! Tu as fait le bon choix en m'appelant. Quand sont-ils devenus des zombies ? Cette nuit à la pleine lune, ou après avoir mangé un truc louche à la cantine ?

– En fait, ils sont toujours normaux, mais je me demandais simplement ce qu'il faudrait faire au cas où…

Martin fronça les sourcils et gronda :

– Jeune homme, cette ligne est exclusivement réservée aux vraies urgences paranormales !

Et il raccrocha, furieux.

Diana sourit d'un air moqueur et lui tapota le bras :

– Encore bravo, Monsieur Paranormal ! Tu as eu ton premier dingue, ça se fête. Et je suis certaine que ce n'est que le début… Bonne chance, Martin !

La journée s'était déroulée sans histoire, seulement ponctuée de coups de fil plus ou moins farfelus, mais Martin n'avait aucun doute : son idée était tout simplement géniale, rien ne pourrait l'empêcher de remporter un franc succès.
À cette heure tardive, il était étendu sur son lit, la tête enfoncée dans son oreiller, et ronflait. Soudain, son téléphone sonna.

Dans la pénombre de la pièce, le bip strident et le clignotement rouge lui firent l'effet d'une alerte incendie. Le jeune homme attrapa son téléphone et l'approcha de son oreille. D'une voix vaseuse, il marmonna :

– Ligne directe paranormale de Martin Mystère, que puis-je pour vous ?

– Au secours, je suis poursuivi par un monstre !

– Ça m'arrive tout le temps, et le monstre, pour moi, c'est ma sœur… répondit machinalement Martin, mal réveillé.

– Je suis seul dans la forêt et une créature épouvantable me pourchasse !

Cette fois, Martin se redressa :

– Votre voix me dit quelque chose… fit-il.

La panique était perceptible dans le ton de son interlocuteur, qui insista :

– C'est horrible, ce truc a des yeux vert fluo et il ne me lâche pas. Impossible de lui échapper !

– Marvin, c'est toi ? interrogea Martin.

– Oui, mon pote, et j'ai vraiment besoin de ton aide ! C'est urgent !

– Mais, si je me souviens bien, « mon pote », la dernière fois qu'on s'est parlé, tu avais essayé de faire croire à Mom que c'était toi qui avais résolu l'énigme du fantôme puant ! Je ne me trompe pas ? Tu es le Marvin qui se prend pour un super-agent du Centre, le même qui ne perd jamais une occasion de se moquer de moi et qui a même copié ma façon de m'habiller…

– C'est de l'histoire ancienne, Martin. Cette fois, l'affaire est sérieuse. Il faut vraiment…

L'agent Mystère ne lui laissa pas le temps d'achever sa phrase.
– Eh bien, « mon pote », tu n'as qu'à me rappeler aux heures de bureau et je verrai si je peux te caser entre deux rendez-vous. Et si je n'ai pas le temps, tu es un agent du Centre après tout, tu es censé pouvoir te débrouiller tout seul. Bonne nuit !
Martin raccrocha et replongea sous les couvertures.
– Non mais, il est gonflé, ce type ! commenta-t-il pour lui-même.
Il sentait que le sommeil n'allait pas tarder à revenir. Il ferma les yeux, songea à ses futurs succès et se laissa doucement glisser dans ses rêves... jusqu'à ce que l'on tambourine à la porte de sa chambre.
– Qui que vous soyez, laissez-moi ! grommela Martin.

La porte s'ouvrit d'un seul coup : c'était Diana, son téléphone à la main.

– Martin, j'ai Marvin en ligne, il a de gros ennuis !

– Son plus gros problème, c'est d'être un clown !

La jeune fille ne réagit pas à la remarque et déclara simplement dans le combiné :

– Tiens bon, Marvin, on arrive !

chapitre 2

Le véhicule tout-terrain du Centre fonçait sur le chemin cahoteux de la plus grande forêt de la région. Il faisait nuit. Les immenses arbres qui bordaient la piste tendaient leurs branches comme autant de bras monstrueux. Martin conduisait vite, n'épargnant à sa sœur aucune des secousses que leur infligeaient les nombreux trous.

– J'espère que tu te rends compte que tu m'as traîné ici pour rien, grogna-t-il.

– Marvin avait l'air vraiment paniqué, il était terrifié.

– Comment peux-tu te fier à un garçon pareil ? Il n'arrête pas de raconter des histoires. C'est un sale gamin à qui il faudrait flanquer une bonne fessée avant de l'envoyer au lit.

– Je ne suis pas d'accord, rétorqua Diana. Il est enthousiaste. C'est une de ses nombreuses qualités.

Martin s'étrangla.

– « Nombreuses qualités » ? Cite-m'en seulement une autre, pour voir…

– Il est intelligent, il a du charme, il est attentif aux détails, méthodique et, par-dessus tout, il ne passe pas son temps à monter des plans catastrophe absurdes !

La sonnerie de son téléphone empêcha Martin de répliquer. Il connecta son casque mains libres et répondit :

– Ligne directe paranormale de Martin Mystère, que puis-je pour vous ?

La voix était féminine, séduisante.

– Bonjour, j'aurais besoin d'une prévision astrologique. Je suis Poissons et je voudrais savoir ce que les astres me réservent pour demain.

– Pardon ?

– Je crois que je suis amoureuse et j'ai mon premier rendez-vous demain...

– Si vous êtes un poisson, allez-y en nageant ! Cette ligne est réservée aux urgences paranormales, à rien d'autre ! Merci de votre appel et au revoir.

Essayant de garder contenance, Martin se tourna vers Diana.
– C'est fou ce qu'il y a comme appels cette nuit, ma ligne est déjà un succès…
– J'espère qu'entre deux horoscopes, tu auras un peu de temps, parce qu'on a un agent du Centre à sauver !

Sans le guidage satellite, il était impossible de découvrir cette base reculée du Centre. Perdue en pleine forêt, dans une clairière entourée d'arbres centenaires, elle ressemblait à un camp retranché,

hérissée d'antennes paraboliques. Le clair de lune filtré par les feuillages l'illuminait d'une étrange lumière bleutée.

Martin gara le véhicule juste devant l'entrée. Il commenta :

– Je ne sais pas ce que Marvin a fait pour être affecté dans ce trou perdu, mais Mom devait être très énervée.

– Si Marvin est là, c'est certainement pour une excellente raison, rétorqua Diana.

Les deux agents descendirent du véhicule et se dirigèrent vers la porte. Diana eut soudain l'impression que quelqu'un les observait. Elle scruta du regard un buisson aux abords de la clairière mais ne remarqua rien, excepté un reflet certainement dû à la clarté lunaire. Un bruissement de feuillages attira son attention à quelques mètres de là.

– Ça grouille de bestioles, fit-elle à voix haute pour se rassurer.

– C'est certainement de l'une d'elles que ce trouillard de Marvin aura eu peur.

Diana frappa à la porte.

– Marvin, c'est nous, ouvre !

– Il est sûrement en train de dormir. Je me doutais bien qu'on venait pour rien.

– Tais-toi, Martin. Marvin, c'est Diana !

La porte s'entrebâilla et un œil inquiet apparut. Martin éclata de rire.

– Mais où est donc passé le fier Marvin, celui qui n'a jamais peur de rien ? Que redoutes-tu, « mon pote » ? Que les écureuils te jettent des noisettes ? Qu'un hibou te fasse les gros yeux ?

Le bruit dans les feuilles se fit plus proche. Quelque chose bougeait, juste derrière Diana et son frère.

– Entrez vite, fit Marvin, visiblement terrifié.

À peine eut-il ouvert la porte qu'un grognement menaçant monta des arbres.

– Dépêchez-vous, s'écria-t-il. Il arrive !

L'agent attira Diana et Martin à l'intérieur. Il allait refermer lorsqu'une forme sombre bondit des fourrés pour se précipiter vers eux. Ils entraperçurent une créature. Malgré sa petite taille – elle ne mesurait qu'un mètre de haut –, elle faisait un bruit épouvantable et ses yeux verts luisaient d'une lueur démoniaque.

Marvin hurla de peur en claquant la porte au nez de la chose. Le petit corps aux yeux verts s'écrasa contre le panneau blindé et commença aussitôt à s'attaquer à la poignée.

– Il faut tout verrouiller, lança Marvin, sinon il est bien capable d'ouvrir !

Alors que Martin et Diana s'approchaient de la porte pour bloquer les nombreux verrous, Marvin ramassa une balle et la projeta avec force vers les systèmes de fermeture. Comme par enchantement, la balle atteignit le premier verrou, qu'elle poussa, puis rebondit sur un meuble et revint enclencher le deuxième. Dans un étourdissant ballet de rebonds, la balle que Marvin avait lancée réussit à fermer tous les verrous en une fraction de seconde avant d'aller rouler sur le sol…

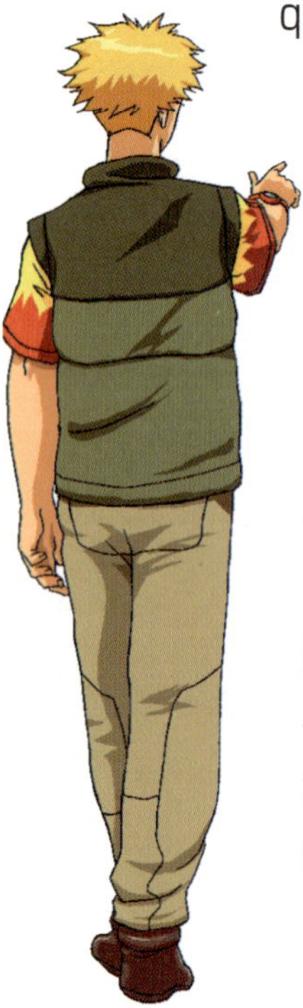

– Fabuleux ! s'exclama Diana, admirative. Quelle adresse !

– Quel coup de chance exceptionnel, plutôt ! rectifia Martin.

Marvin reprenait ses esprits.

– Maintenant, vous savez exactement ce que j'endure. Vous avez vu la créature qui me traque et me harcèle. Elle va revenir, c'est certain…

Martin lui posa une main rassurante sur l'épaule et dit :

– Écoute, Marvin, je suis le premier à voir des phénomènes paranormaux partout, mais là, je pencherais plus pour un blaireau enragé ou un renard qui aurait perdu la boule.

– Ce n'est pas ça. Il s'agit de quelque chose de bien plus effrayant. Ce truc, dehors, c'est le diable en personne.

– Marvin, je suis obligé de te rappeler la règle numéro 4 du manuel d'instruction des agents du Centre : « Ne tirez jamais de conclusions hâtives »…

– Ce n'est pas toi qui es menacé depuis des jours ! Je sentais bien que quelque chose m'observait, caché dans les bois, et puis ce truc m'a attaqué sauvagement. Depuis, je vis barricadé ici. Quand vous êtes arrivés, j'étais en train de boucler ma valise pour partir. Je vais aller la finir. Pendant ce temps, un conseil : n'ouvrez à personne…

Restés seuls dans la salle principale de la base, Martin et Diana discutaient en observant la pièce.

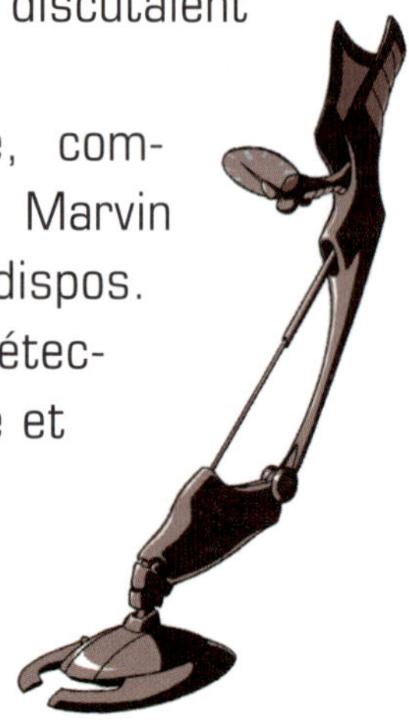

– Une chose est sûre, commenta l'agent Mystère, Marvin n'a pas le cerveau très dispos.
Il s'arrêta devant un détecteur de métaux cabossé et ajouta :
– En plus, notre ami ne prend pas grand soin

du matériel du Centre. Il y a des traces de terre fraîche là-dessus. Qu'est-ce que Marvin pouvait faire avec ce genre de détecteur dans le coin?

Diana s'était assise au bureau. Son regard fut attiré par une petite pile de documents dont certains à en-tête du

Centre. Elle les attrapa et se mit à les parcourir.

– Une fois encore, tu avais tort, Martin. Marvin n'a pas été muté ici pour être puni, c'est lui qui a insisté pour avoir cette affectation.

Elle ajouta :

– C'est incroyable… Regarde ces lettres : il a aussi gagné des dizaines de cadeaux à des loteries et des tirages au sort. Il a vraiment une chance pas possible.

– Si tu veux mon avis, tout cela est bizarre.

Marvin apparut à l'entrée de la pièce.

– Vous n'avez pas à fouiller dans mes affaires ! C'est personnel.

Ses yeux se mirent à briller d'une étrange lueur verte et, comme par magie, les feuilles s'envolèrent des mains de Diana pour tournoyer dans la pièce avant de venir s'empiler parfaitement à ses pieds.

– Comment as-tu fait ça ? demanda la jeune fille, ahurie.

– Fait quoi ?

Un bruit d'explosion de verre interrompit l'échange. Marvin hurla, épouvanté :

– Elle est entrée, elle a réussi !

Martin lança :

– Allons attraper cette maudite bestiole, qu'on en finisse ! Si on fait vite, je pourrai rentrer à Torrington juste à temps pour déguster les petits gâteaux de Java...

chapitre 3

Martin se déplaçait sans bruit, comme un félin. Pièce après pièce, il progressait dans le complexe en inspectant toutes les fenêtres. Lorsqu'il arriva dans la réserve, il faisait sombre et il n'y avait pas un bruit. Il repéra tout de suite la vitre fracassée. Au milieu des débris, le jeune homme identifia de minuscules traces de pas...

– Tu ne dois pas être loin, fit-il à voix basse en activant son Chrono-scan en mode capture.

Il se cacha entre deux rangées de caisses et tendit l'oreille. Il ne lui fallut pas longtemps pour percevoir une respiration et le bruit de légers mouvements. La créature n'était qu'à quelques mètres. Martin se faufila en silence, s'approchant inexorablement de sa cible. Il finit par apercevoir une ombre. Encore un pas… Il était désormais à portée de tir pour lancer son filet de capture. Il tendit le poignet et… son téléphone se mit à sonner. Aussitôt, la créature détala dans la pénombre. Dépité, Martin décrocha :

– La ligne du paranormal, bonjour, je suis désolé mais j'ai une petite urgence. Il va falloir que vous rappeliez.

Et il raccrocha.

Plus loin dans le complexe, Diana inspectait elle aussi les pièces les unes après les autres. Elle s'apprêtait à faire le tour de la salle des archives. Marvin la suivait, jetant des regards craintifs alentour.

Chaque recoin sombre le faisait trembler, chaque zone d'ombre reculer.
– Ne t'inquiète pas, Marvin, je suis là, dit Diana pour l'apaiser. Tu sais, on en a vu d'autres. Il ne faut pas t'affoler.
– Tu ne sais pas à quoi nous avons affaire. C'est un être maléfique, capable de tout !
Une ombre passa juste derrière eux. Marvin sursauta.
– Il est là, je le sens !
– Calme-toi, Marvin, c'est peut-être mon frère.
– Martin, tu es là ? Ce n'est pas drôle !
Aucune réponse. Les deux jeunes gens reprirent leur progression entre les rayonnages remplis de cartons et de dossiers. Au détour d'une allée, l'ombre refit son

apparition. Là, dans le recoin obscur, deux yeux verts fixaient Marvin avec haine. La petite créature grogna. Cette fois, Marvin ne parvint pas à contenir sa terreur. Il détala à toutes jambes, laissant Diana derrière lui.

– Ne t'enfuis pas, Marvin, ensemble nous sommes en sécurité !

Mais le jeune homme n'écoutait plus, il courait à perdre haleine, renversant tout ce qu'il pouvait derrière lui pour ralentir la course de la créature qui s'était lancée à sa poursuite.

– Maudit farfadet ! Va brûler en enfer !

À la lumière, on le distinguait mieux : c'était en effet une sorte d'affreux petit bonhomme hirsute.

– Rends-moi ce que tu m'as pris ! dit celui-ci

d'une voix aigrelette. Tu ne pourras pas m'échapper !
Marvin déboucha dans la salle principale. Il savait qu'en allant plus loin, il ne ferait que s'enfoncer dans les réserves sans échappatoire possible. En une fraction de seconde, il décida de tenter le tout pour le tout. Il se précipita vers la porte d'entrée et l'ouvrit. Le farfadet, au comble de la rage, était sur le point de le rattraper. Marvin parvint à sortir du complexe et prit la fuite entre les arbres. Il avait de bien plus grandes jambes que son poursuivant, mais il était à bout de souffle…

Lorsque Martin projeta son Chrono-scan en mode filet, le tir fut aussi précis que rapide. Le jet atteignit la cible alors qu'elle venait d'apparaître à l'entrée de la réserve. L'ombre s'écroula en poussant un cri perçant…

– Alors, misérable gnome, tu fais moins le malin ! Cela dit, tu as un peu la même façon de hurler que ma sœur…

La forme se débattait sur le sol.

– Martin, c'est moi, libère-moi immédiatement ou je te promets que ça va barder !

– Oh, sœurette ! Ne t'énerve pas, je t'ai confondue avec ce truc qui en veut à Marvin. Il a des yeux d'un vert effrayant, qui luisent un peu comme ceux de Marvin lorsqu'il a fait son petit numéro avec ses papiers tout à l'heure.

– J'ai vu la créature de près. Elle a poursuivi Marvin sans même faire attention à moi. On dirait qu'elle lui en veut...

– Tout à coup, je la trouve presque sympathique, cette bestiole.

Un hurlement déchirant monta de la nuit.

– C'est Marvin ! s'inquiéta Diana.

– Ça venait de dehors.

Un nouveau hurlement transperça le silence.
– Pas une minute à perdre !
– On fonce !

Les nuages assombrissaient le clair de lune et la clairière semblait encore plus inquiétante. Chaque souffle de vent agitait les branches de mouvements suspects.
– Marvin ! Marvin ! s'époumona Diana.
– Mes détecteurs n'indiquent rien. Super bizarre…
Un appel étouffé leur parvint d'assez loin :
– Au secours, au secours, il m'entraîne !
Martin s'élança en direction de la voix, Diana sur ses talons. Le frère et la sœur fendaient la végétation sans ralentir, sautant par-dessus les taillis, évitant les arbres.
– À l'aide ! Par pitié, à l'aide !

Marvin était maintenant tout proche. Diana ne tarda pas à le repérer dans la pénombre, mais elle se crut d'abord victime d'une hallucination. Le jeune homme avait la tête plantée dans la cavité du tronc d'un énorme chêne et se débattait comme un pantin.

– Marvin ? Qu'est-ce que tu fais ?

– Il essaye de m'entraîner dans son royaume souterrain. Sortez-moi de là !

– Cette fois, c'est certain, fit Martin : le pauvre vieux a perdu l'esprit…

– Aide-le, Martin !

Les deux agents empoignèrent Marvin et le tirèrent de toutes leurs forces. Lorsqu'ils parvinrent à lui sortir la tête du creux de l'arbre, ils distinguèrent nettement les deux petites mains poilues qui l'attiraient à l'intérieur. Le farfadet gronda et tira plus fort : la tête de Marvin rentra à nouveau dans le tronc.

– Ce troll est plus costaud qu'un cheval ! grommela Martin en agrippant de plus belle leur ami.

Le match finit par tourner à l'avantage des agents et la créature lâcha prise. Les trois jeunes gens roulèrent sur le sol. Aussitôt, Martin se releva et arma son Chrono-scan en mode capture.

– Tu n'iras pas loin, espèce de gnome malfaisant !

Il inspecta le trou dans l'arbre, mais il n'y avait plus trace de la créature. Il se mit à courir tout autour du vénérable chêne en hurlant.

– Il n'y a pas que Marvin qui ait perdu l'esprit, commenta Diana.

– Il faut partir d'ici, et tout de suite, fit ce dernier en frictionnant son cou endolori.

Martin bondit d'un fourré avec des yeux de fauve aux aguets.

– Il a filé, gronda-t-il. Disparu, envolé, volatilisé ! Même mes capteurs ne le retrouvent pas. C'est insensé !
– Il vaut mieux s'en aller, déclara Diana. Nous reviendrons avec des renforts.

– Tout ça pour un lutin ?
– Il n'est pas comme les autres, précisa Marvin.
– Et qu'est-ce qu'il a de particulier ?
Marvin parut gêné. Il éluda la question.
– Filons, nous aurons le temps d'en parler une fois que nous serons en sécurité.

Martin allait mettre en marche la voiture lorsque Marvin s'écria :
– Attendez une minute ! J'ai oublié quelque chose dans le complexe.
– Ce n'est pas grave, fit Diana, tu le retrouveras quand on reviendra.

– Non, c'est important, c'est… mon pull.
– Ton pull ? s'étonna Martin.
– Oui… Mon pull préféré, mon porte-bonheur…
Sans laisser à ses compagnons le temps de réagir, Marvin sauta du véhicule et se précipita dans le bâtiment.
– Alors là, déclara Diana, même moi je trouve qu'il a un comportement étrange.
Lorsque Marvin réapparut, il serrait un pull rouge contre sa poitrine. Il se dirigea vers la voiture sans perdre de temps, mais avant qu'il ait parcouru la moitié de la distance, une forme sombre jaillit des buissons et le chargea.

– Démarre, hurla Marvin. Il revient !
Le farfadet fonçait sur lui avec des grognements de rage.

Martin embraya et fit demi-tour en dérapant. Diana ouvrit la portière arrière et Marvin eut juste le temps de se jeter sur la banquette avant que le farfadet ne le saisisse par la cheville. La voiture démarra en trombe dans un nuage de poussière.

– Emmenez-moi loin de cet enfer, gémit Marvin.

Martin lança le véhicule sur le chemin défoncé. Dans le rétroviseur, il cherchait à s'assurer que la créature ne les suivait pas, mais la poussière l'empêchait de bien voir.

– Je crois que, cette fois, on l'a semée pour de bon.

La voiture du Centre fit une embardée. Le choc résonna dans tout l'habitacle.

– Probablement une branche, fit Martin, apaisant.

Diana et Marvin acquiescèrent, trop heureux de se sentir enfin en sécurité. Ils ne pouvaient pas se douter que ce coup sourd n'avait rien de normal et que la petite créature n'avait pas renoncé. Bien au contraire, elle avait couru à travers bois pour couper vers la route et avait réussi à s'agripper à la roue de secours. Le farfadet n'avait jamais été aussi proche de celui qu'il était décidé à poursuivre sans relâche...

chapitre 4

En voyant la tour illuminée de l'université de Torrington se profiler dans la nuit, Diana poussa un soupir de soulagement. Pendant tout le trajet de retour, Marvin n'avait pas cessé de se comporter de façon bizarre. La jeune fille avait même l'impression que ses cheveux poussaient à une vitesse anormale et que ses mains se couvraient de poils. Elle mit cela sur le compte de la fatigue : elle avait certainement des hallucinations...

Le téléphone de Martin se mit à sonner une fois de plus.

– Qu'est-ce que ça va être, cette fois ? se moqua Diana. Un cinglé qui croit avoir vu des extraterrestres ou quelqu'un qui va te demander de lire dans ta boule de cristal ?

Martin essaya de ne pas réagir et rétorqua :

– Peu importe, je suis trop fatigué. Je vais laisser le répondeur prendre le relais. J'écouterai les appels plus tard ; après tout, on est encore en pleine nuit.

Martin coupa son portable et gara la voiture sur le parking des élèves. Les trois agents descendirent. Marvin serrait son pull fétiche contre lui comme s'il s'agissait d'un trésor. Il avait des petits rires nerveux pour tout et n'importe quoi.

– Tu es certain que ça va, Marvin ? Tu devrais peut-être aller faire un tour à l'infirmerie. Il faut bien le dire, ce que tu as vécu est assez traumatisant.

– Non, ne t'inquiète pas, je vais bien.

Et il se remit à ricaner de plus belle.

Martin remarqua un cheveu roux sur la jambe du pantalon de son compagnon.

– Qu'est-ce que nous tenons là ? interrogea-t-il en le saisissant. C'est peut-être un indice sur la créature qui en a après toi.

Il étudia le cheveu de plus près et conclut :

– En tout cas, ce cheveu n'appartient à aucun d'entre nous. L'analyseur nous renseignera bientôt…
– D'abord, nous devons trouver une chambre pour Marvin, fit observer Diana.
– Ce n'est pas un problème, il y en a toujours de libres dans l'aile ouest.
– Alors allons-y, je crois que Marvin a besoin de repos.
Martin lui fit un clin d'œil complice et ajouta à voix basse :
– Il a aussi besoin d'une douche parce que, franchement, je crois que l'écureuil enragé sentait moins mauvais…
Diana jeta un coup d'œil à Marvin. Celui-ci se grattait comme un chien couvert de puces et, cette fois, ce n'était plus son

imagination qui lui jouait des tours : ses cheveux et ses poils poussaient et se multipliaient.

Les trois jeunes gens prirent la direction des bâtiments d'habitation. Marvin riait toujours.

Aucun des trois agents n'avait remarqué la petite forme qui s'était décrochée de la roue de secours du véhicule et, discrètement cachée derrière le pare-chocs, les observait de ses épouvantables yeux verts...

En remontant le couloir qui menait aux chambres, Diana avait remarqué que Marvin se tenait de plus en plus voûté. Arrivé devant sa porte, le jeune homme se retourna et demanda sèchement :

– Montrez-moi le cheveu que vous avez trouvé. Dépêchez-vous.

Sans se laisser impressionner par son ton péremptoire, Martin sortit un long cheveu de sa poche.

– Le voilà.

Aussitôt, Marvin tenta de l'attraper, mais Martin réussit à esquiver.

– Donne-le-moi, je vais trouver ce que c'est.

– On se calme, Marvin. Nous pourrions l'analyser tous ensemble, comme une vraie équipe.

Marvin voulut à nouveau s'en emparer, mais Martin fut cette fois encore le plus rapide. L'agent aux poils envahissants serra alors son pull porte-bonheur contre lui. L'étrange lueur verte illumina à nouveau son regard et, comme par enchantement, un courant d'air fit s'envoler le cheveu des mains de Martin pour venir le déposer délicatement dans les siennes.

Avec un sourire vainqueur, Marvin ouvrit la porte de sa chambre et la referma d'un coup sec au nez de ses coéquipiers.

– Comment a-t-il fait ? questionna Diana, ébahie par ce nouveau tour. C'est quand même un sacré coup de chance.

– Un coup de chance tellement énorme que j'ai du mal à y croire...

Marvin ferma la porte de sa chambre à clé. Il ricana de son mauvais tour, trop heureux de se retrouver seul. Il déroula son pull porte-bonheur et en sortit un écrin rouge qu'il caressa comme un trésor en grognant de plaisir.

– Te voilà, tu es à moi. Ensemble nous aurons toutes les chances, toutes les fortunes…

Avec fascination, il ouvrit délicatement l'écrin et une intense clarté verte illumina son visage. Au creux de la boîte était posé un bijou en forme de trèfle à quatre

feuilles. Symbole absolu des porte-bonheur, le petit objet était fait de pierres précieuses et irradiait de toute sa puissance. Marvin se gratta. En voyant ses mains, il prit soudain conscience qu'elles étaient désormais couvertes de poils.

– Mais… Que m'arrive-t-il ?

La magie du trèfle ne lui laissa pas le temps de se questionner plus longtemps. Une spirale verte scintillante s'échappa de l'objet enchanté et l'enveloppa. Marvin eut un frisson. Cette fois, la transformation était lancée : le jeune homme était bel et bien sous l'emprise du trésor maudit.

Il n'était pas le seul. La créature qui l'avait poursuivi dans la forêt était elle aussi devenue l'esclave du bijou. D'ailleurs, ce farfadet n'était pas loin. À cet instant précis, il se tenait juste derrière la fenêtre de Marvin et l'observait en attendant le bon moment pour attaquer.

chapitre 5

Dans le couloir, Diana et Martin étaient encore sous le coup du comportement de leur coéquipier. Diana déclara :

– J'ai de plus en plus l'impression que Marvin nous cache quelque chose.

– Tu auras mis du temps à l'admettre. Je te le répète depuis le début : Marvin se sert de nous. Heureusement, il n'est pas le seul à cacher des choses.

– Que veux-tu dire ?

Avec une fierté non dissimulée, Martin sortit un autre cheveu de sa poche.

– Voici le véritable indice, l'autre n'est qu'un des tiens.

– Bien joué !

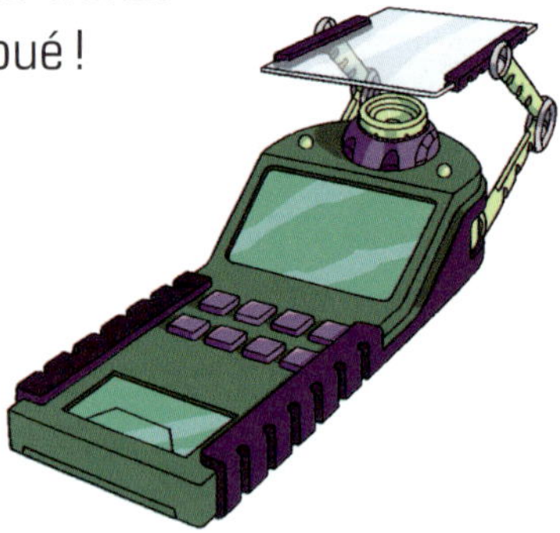

Martin activa son Chrono-scan en mode bioanalyse. L'engin miniature hypersophistiqué fit un scanner de la fibre et ne mit que quelques secondes à afficher un résultat. Par-dessus l'épaule de son frère, Diana lut :

– Ce cheveu appartiendrait à Lugh, un farfadet irlandais du XVIe siècle !

– C'est un vrai farfadet, alors ? Comme ceux des légendes qui vivent dans les bois ? Le Légendex du Centre va sûrement nous en apprendre plus. Je me connecte.

Il passa son Chrono-scan en mode base de données. Sur l'écran s'afficha le dessin d'un être minuscule habillé d'un bel habit vert et d'un chapeau assorti.

Martin commenta :
– Ça ressemble bien à notre mystérieuse créature... Il est aussi écrit que Lugh possède un trèfle à quatre feuilles magique qui garantit une chance incroyable à celui qui le possède...
Diana et Martin échangèrent un regard.
– Marvin a sûrement trouvé le trèfle de Lugh.
– Ce n'était pas un hasard s'il avait demandé son affectation dans cette forêt. Cela explique aussi ses fabuleux coups de chance : la balle qui ferme les verrous, ses gains à la loterie, le coup du cheveu...
Un fracas de vitre brisée vint les interrompre.
– Ça vient de la chambre de Marvin !
De l'autre côté de la porte résonnaient des grognements et des coups. Le doute n'était pas permis : c'était la bagarre.

Lorsque Martin et Diana parvinrent enfin à défoncer la porte, ils furent d'abord surpris du spectacle.

Le farfadet et Marvin roulaient sur le sol au milieu des meubles renversés. Ils se battaient pour un écrin rouge que Marvin tentait désespérément d'éloigner des doigts velus du petit personnage en costume.

– Donne-moi le trèfle, il est à moi ! Tu me l'as volé, geignit la créature de sa voix pointue.

– N'y compte pas, espèce de gnome vert, son pouvoir est le mien !

Les deux individus n'en finissaient pas de s'agripper, de se tordre les bras, et malgré l'importante différence de taille entre Marvin et le farfadet, la détermination du plus petit compensait largement la puissance du plus grand.

– Jamais je ne te lâcherai, tu finiras par me le rendre !
– Tu peux toujours rêver, la chance est avec moi !
Dans un accès de rage, le farfadet se jeta sur le visage de Marvin qui, pour tenter de se protéger, referma ses bras. Sous le choc, l'écrin se retrouva projeté dans les airs. Le précieux trésor retomba sur le sol avec un bruit sec et s'ouvrit. Le trèfle s'échappa et glissa… jusqu'aux pieds de Martin.
Sans hésitation, le jeune homme ramassa le petit objet. Son regard fut traversé d'une lueur verte.
– C'est sûrement mon jour de chance, fit-il avec un sourire qui ne laissait aucun doute sur ses intentions.
Il referma ses doigts sur le porte-bonheur tant convoité et s'enfuit dans le couloir avant même que ses concurrents ne

comprennent que le trésor leur échappait.
– Martin ! Qu'est-ce que tu fais ? s'écria Diana en le voyant s'éloigner à toute allure.
Pour toute réponse, elle n'obtint qu'un rire effrayant. Plus de doute : son frère était tombé à son tour sous l'emprise du trèfle magique.

Dehors, le jour commençait seulement à se lever et les allées du parc étaient encore désertes. Martin avait trouvé refuge dans les inextricables haies qui bordaient l'université. Bien caché dans le feuillage, il prit enfin le temps de regarder le trèfle. Il ouvrit la main avec précaution et la lueur verte illumina son visage.

– Tu es à moi, joli porte-bonheur. Grâce à ton pouvoir, je vais devenir millionnaire, et peut-être même que Jenny acceptera enfin de sortir avec moi !

Le reflet du trèfle se dessinait nettement dans les yeux fascinés de Martin. Un bruit de course le tira de ses songes. À travers les branchages, le jeune homme repéra Marvin et Lugh qui sortaient du bâtiment en courant. Martin s'enfonça encore un peu plus dans sa cachette et grogna :

– Tout le monde veut me prendre mon trèfle porte-bonheur. Je n'aime pas ça, oh non ! et cela me rend très méchant.

Les deux poursuivants commencèrent à inspecter les environs. Marvin se mit à fouiller les buissons, s'approchant peu à peu de la haie dans laquelle se trouvait Martin.

– Je parie que tu te caches par ici, lança le jeune homme à la cantonade. Et je parie même que tu te terres derrière... ce buisson !
Marvin s'élança et Martin eut à peine le temps de s'enfuir pour échapper à son assaillant.

– Tu vois, hurla Marvin, j'ai de la chance ! Le trèfle est à moi !
Martin s'enfuit aussi vite qu'il le put. Ses mains se couvraient de poils et ses cheveux poussaient de manière aussi rapide que bizarre. À peine croyait-il avoir échappé à Marvin que Lugh se jeta sur lui par surprise.
Ils roulèrent dans la poussière des allées.
– Rends-moi mon trésor !
– Lâche-moi, sale troll !
– Attention derrière toi, voilà Marvin qui arrive !
– Si tu espères m'avoir avec ce genre de truc, tu te trompes !
Pourtant, le farfadet n'avait pas menti. Marvin se jeta dans la mêlée et, de surprise, Martin lâcha le trèfle. Le farfadet en profita pour le reprendre et s'enfuir à son tour. Il rit de sa chance et replaça aussitôt le trèfle à l'abri dans son bel écrin rouge.

– Adieu, messieurs, et bonne chance !
Les deux autres n'avaient toujours pas compris la situation.
– Où est le trèfle ? s'énerva Martin.
– Je veux mon porte-bonheur ! renchérit Marvin.

– Il est là ! s'exclama Diana.
Elle tenait le farfadet par le col, suspendu au-dessus du sol. Il se débattait mais elle le maintenait à bonne distance d'elle. Elle s'était emparée de l'écrin.

– Diana, donne-le-moi ! s'écria Martin en se précipitant vers sa sœur.
Sous l'influence du trèfle enchanté, les deux garçons avaient rapetissé et faisaient maintenant la même taille que Lugh. Ils étaient coiffés comme des lutins et leur transformation était presque achevée. Ainsi rétrécis, ils ressemblaient à des sauvageons qui n'en finissaient pas de se chamailler. Martin essayait de maintenir Marvin derrière lui pour être certain d'atteindre sa sœur le premier. Diana était abasourdie par l'incroyable spectacle qui se jouait devant elle. Les deux agents se tiraillaient tellement que le Chrono-scan de Martin glissa de son minuscule poignet et roula jusqu'à elle.
– Voilà que c'est moi qui me mets à avoir de la chance, fit la jeune fille en le ramassant. Chrono-scan en mode capture !

Diana sélectionna le filet, envoya Lugh sur son frère et Marvin, et déclencha l'engin. Aussitôt, un filet de fines mailles ultrarésistantes recouvrit la mêlée des trois garçons, qui se retrouvèrent prisonniers. Le filet se referma sur eux. Ainsi ficelés, ils ressemblaient à un panier de crabes.

– Voilà qui va vous calmer.

– Libère-nous !

– Rends-nous le trèfle, il n'est pas à toi !

Diana sourit et fit tournoyer l'écrin entre ses doigts fins :

– Pourtant c'est moi qui l'ai, ironisa-t-elle.

Elle commença à ouvrir le boîtier et entrevit la lumière verte qui émanait du bijou magique.

– Prudence ! Laissons-le là-dedans avant qu'il ne me rende folle moi aussi.

Se débattant comme des diables dans le filet, les trois farfadets étaient au comble de la colère.

– Je n'ai pas envie de finir comme eux, décréta Diana. Ils sont moches, petits, tout poilus et ils sentent le rat à six mètres à la ronde. Je dois absolument me débarrasser de ce maudit trèfle une fois pour toutes !

chapitre 6

Diana avait abandonné les trois garçons hurlants et gigotants dans leur filet. Elle activa le Chrono-scan de Martin en mode base de données.

– Le Légendex devrait pouvoir me dire comment détruire ce porte-malheur.

Elle fit défiler les pages et arriva au chapitre qui l'intéressait :

– « Le trèfle ne peut être détruit que par le feu intense d'un volcan en éruption ou d'une forge. » Mouais... Pour le volcan, c'est raté. Par contre, pour la forge, il faut voir...

Diana s'élança dans les allées du parc à la recherche d'une solution. Au pied de la grande horloge, elle tomba sur Java qui était en train de ramasser les feuilles mortes à l'aide d'un râteau.

– Java, j'ai besoin de toi !

– Java toujours là pour Diana. Tu as problèmes ?

– Il faut que je détruise cette boîte et ce qu'elle contient.

– Java peut écraser dans ses mains.

– Non, il me faut une forge, un feu ardent capable de les réduire en cendres pour toujours.

– Désolé, Java pas forgeron, et pas forge dans les environs.

– Tu as raison, et c'est bien mon problème.

Tout à coup, Diana releva les yeux et aperçut la cheminée de la fabrique de poterie voisine où elle avait façonné son pot.

– Le four des potiers ! C'est aussi chaud qu'une forge ! Allons-y.

Les deux amis se mirent à courir en direction de l'atelier de poterie, mais avant qu'ils aient pu l'atteindre, des hurlements sauvages leur parvinrent.

– Malédiction, ils se sont libérés ! s'écria Diana.

– Quoi être ces bêtes sauvages aux drôles de cris ? demanda Java.

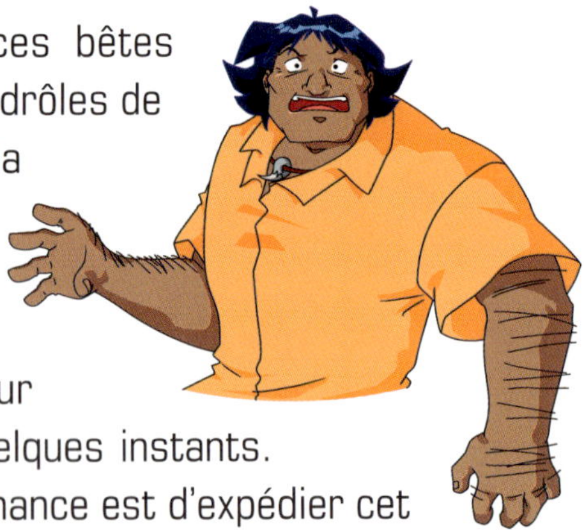

– Trop long à t'expliquer. Ils seront sur nous dans quelques instants. Notre seule chance est d'expédier cet écrin directement dans la cheminée de la poterie. Vas-y, Java, et vise bien !

– Java blessé au poignet en nourrissant crocodiles. Pas pouvoir lancer écrin.

– C'est bien ma veine ! Je n'arriverai jamais à lancer cette boîte du premier

coup. Ce serait un coup de chance extraordinaire…
Soudain, Diana eut une illumination.
– Mais avec ce trèfle, je peux devenir la fille la plus chanceuse du monde !
Surmontant ses craintes, elle ouvrit l'écrin. La lueur du trèfle illumina son visage. Un éclair vert traversa son regard. Martin, Lugh et Marvin n'étaient plus qu'à quelques dizaines de mètres, bondissant comme des enragés, hurlant tels des loups.
– Java, s'il te plaît, arrête-moi ces nains pendant que je tente ma chance.
Armé de son râteau, Java se rua sur les trois farfadets. D'un geste puissant, il les souleva tous les trois sur le manche et les envoya loin dans les airs. De son côté, Diana ajusta son tir.
« Tu n'auras droit qu'à un essai, se dit-elle, et pour une fois, il va falloir que tu aies de la chance… »

Un tourbillon d'étincelles vertes s'enroula autour de son bras. Elle prit son élan en serrant bien l'écrin, puis le projeta de toutes ses forces en direction de la haute cheminée. La trajectoire de l'objet fut parfaite et, dans un vol idéal, la petite boîte rouge vint rebondir sur le bord, avant de disparaître dans le conduit d'où s'échappait la fumée. Moins d'une seconde plus tard, un intense rayon vert jaillit de la cheminée, embrasant le ciel d'une clarté aveuglante.

– Bravo ! s'écria Java. Tu as réussi !

Diana sourit. Une voix venue de derrière ajouta :

– Tu as eu un sacré coup de chance.

La jeune fille se retourna et eut la surprise de découvrir son frère, Marvin et Lugh redevenus normaux. Les trois jeunes gens avaient repris leur apparence habituelle.

– Je suis tellement heureuse de vous retrouver ainsi ! lança-t-elle en se précipitant vers eux.

– Ce trèfle nous envoûtait, confia Martin.
– Impossible de lui échapper, ajouta Marvin.
– Ce cauchemar est terminé et vous êtes là comme avant, reprit Diana.
– Même Lugh, fit remarquer Martin. Enfin, il a toujours ses vêtements du XVIe siècle, c'est trop bizarre.
Le farfadet s'était transformé en un beau jeune homme. Celui-ci s'avança vers Diana avec respect.
– Voilà des siècles que je suis prisonnier de la malédiction de ce trèfle. Avec lui, j'ai été l'homme le plus chanceux du monde, mais il a fait de moi un horrible petit lutin cupide. Il aura fallu le charme et le talent d'une belle demoiselle pour enfin me délivrer et briser le sort à tout jamais.

Il posa un genou à terre et embrassa la main de Diana comme si c'était celle d'une reine. La jeune fille rougit.

– Arrête, Lugh, siffla Martin. Après, elle va nous prendre pour ses chevaliers servants !

Les quatre amis éclatèrent de rire, au point qu'ils entendirent à peine le Chrono-scan de Marvin qui recevait un appel du Centre.

– Je crois que c'est Mom, fit le jeune homme en prenant la communication. Qu'est-ce qu'elle peut bien me vouloir ?

Sur l'écran miniature, le visage austère de la toute-puissante directrice du Centre apparut.

– Bonjour, Marvin. Je viens d'apprendre ce qui vous est arrivé et je suis contente que tout soit rentré dans l'ordre…

Le jeune homme se demanda comment Mom pouvait déjà être avertie de sa mésaventure.

– Merci de votre gentillesse, fit-il, à demi rassuré.

– Par contre, il va falloir m'expliquer pourquoi vous avez gardé ce trèfle pour vous. Je note aussi que vous m'avez menti en demandant cette affectation. Je déteste que l'on se paye ma tête ! J'envisage des sanctions !

– Ne soyez pas trop dure avec lui, intervint Martin, il est encore jeune dans le métier, il n'a pas mon expérience.

– Parlons-en, de votre expérience, agent Mystère : vous avez vous aussi tenté de vous approprier ce trésor maudit ! Sans l'intervention aussi courageuse qu'intelligente de Diana, nous serions tous face à de gros problèmes !

Le sourire de Diana s'élargit. Mom reprit :

– Je vous donne donc rendez-vous dans les plus brefs délais à mon bureau, certains pour des félicitations et d'autres pour des punitions. Terminé.

Marvin et Martin ressemblaient à deux enfants terrifiés à l'idée de ce qui les attendait. Diana compatissait, mais elle ne réussit pas à s'empêcher de les taquiner :

– Allons, ce n'est pas si grave. Si Mom se transforme en zombie, vous pourrez toujours appeler la ligne du paranormal pour savoir quoi décider.

– Au fait, c'est vrai, réagit Martin, je dois rallumer mon portable pour voir comment marchent mes affaires.

Il remit son téléphone en fonction et interrogea son répondeur. Une voix de synthèse lui annonça :

– « Bonjour, vous avez 235 nouveaux messages. Appuyez sur la touche 1 pour les écouter. »

Martin devint tout pâle. Ses amis explosèrent de rire.

– Pauvre Martin, fit Diana, c'est vraiment pas de chance…

Achevé d'imprimer en France
en septembre 2008
par Pollina, 85400 Luçon
n° L47143

Dépôt légal : septembre 2008

Dans la même collection